35 km
d'espoir

Illustration de couverture :
Frédéric Rébéna

Anna Gavalda

# 35 kilos d'espoir

bayard jeunesse

*À mon bon-Papa
et à Marie Tondelier*

Je hais l'école.

Je la hais plus que tout au monde.

Et même plus que ça encore…

Elle me pourrit la vie.

Jusqu'à l'âge de trois ans, je peux dire que j'ai été heureux. Je ne m'en souviens plus vraiment, mais, à mon avis, ça allait. Je jouais, je regardais ma cassette de *Petit Ours Brun* dix fois de suite, je dessinais et j'inventais des milliards d'aventures à Grodoudou, mon chien en peluche que j'adorais. Ma mère m'a raconté que je restais des heures entières dans ma chambre à jacasser et à parler tout seul. J'en conclus donc que j'étais heureux.

À cette époque de ma vie, j'aimais tout le monde, et je croyais que tout le monde s'aimait. Et puis, quand j'ai eu trois ans et cinq mois, patatras ! l'école.

Il paraît que, le matin, j'y suis allé très content. Mes parents avaient dû me bassiner avec ça pendant toutes les vacances : « Tu as de la chance mon chéri, tu vas aller à la grande école... » « Regarde ce beau cartable tout neuf ! C'est pour aller dans ta belle école ! » Et gnagnagna... Il paraît que je n'ai pas pleuré.

(Je suis curieux, je pense que j'avais envie de voir ce qu'ils avaient comme jouets et comme Légo…) Il paraît que je suis revenu enchanté à l'heure du déjeuner, que j'ai bien mangé et que je suis retourné dans ma chambre raconter ma merveilleuse matinée à Grodoudou.

Eh bien, si j'avais su, je les aurais savourées, ces dernières minutes de bonheur, parce que c'est tout de suite après que ma vie a déraillé.

– On y retourne, a dit ma mère.

– Où ça ?

– Eh bien… À l'école !

– Non.

– Non quoi ?

– Je n'irai plus.

– Ah bon… Et pourquoi ?

— Parce que ça y est, j'ai vu comment c'était, et ça ne m'intéresse pas. J'ai plein de trucs à faire dans ma chambre. J'ai dit à Grodoudou que j'allais lui construire une machine spéciale pour l'aider à retrouver tous les os qu'il a enterrés sous mon lit, alors je n'ai plus le temps d'y aller.

Ma mère s'est agenouillée, et j'ai secoué la tête.

Elle a insisté, et je me suis mis à pleurer.

Elle m'a soulevé, et je me suis mis à hurler.

Et elle m'a donné une claque.

C'était la première de ma vie.

Voilà.

C'était ça, l'école.

C'était le début du cauchemar.

Cette histoire, j'ai entendu mes parents la raconter un milliard de fois. À leurs amis, aux maîtresses, aux profs, aux psychologues, aux orthophonistes et à la conseillère d'orientation. Et à chaque fois que je l'entends, ça me rappelle que je ne le lui ai jamais construit, son détecteur d'os, à Grodoudou.

Maintenant j'ai treize ans et je suis en sixième. Oui, je sais, il y a quelque chose qui ne va pas. Je vous explique tout de suite, ce n'est pas la peine de compter sur vos doigts. J'ai redoublé deux fois : le CE2 et la sixième.

L'école, c'est toujours le drame à la maison, vous pouvez imaginer... Ma mère pleure et mon père m'engueule, ou alors c'est le contraire, c'est ma mère qui m'engueule et mon père qui ne dit rien. Moi, ça me rend malheureux de les voir comme ça, mais qu'est-ce que je peux faire ? Qu'est-ce que je peux leur dire dans ces cas-là ? Rien. Je ne peux rien dire parce que si j'ouvre la bouche, c'est pire que tout. Eux, ils ne trouvent qu'une chose à répéter comme des perroquets : « Travaille ! »

« Travaille ! » « Travaille ! » « Travaille ! » « Travaille ! »

D'accord, j'ai compris. Je ne suis pas complètement crétin, quand même. Je voudrais bien travailler ; mais l'ennui, c'est que je n'y arrive pas. Tout ce qui se passe à l'école, c'est comme si c'était du chinois pour moi. Ça rentre par une oreille et ressort par l'autre. On m'a emmené voir des milliards de docteurs, pour les yeux, pour les oreilles, et même pour le cerveau. Et la conclusion de tout ce temps perdu, c'est que j'ai un problème de concentration. Tu parles ! Moi je sais très bien ce que j'ai, il suffit de me le demander. Je n'ai pas de problème. Je n'en ai aucun. C'est juste que ça ne m'intéresse pas.

Ça ne m'intéresse pas. Point à la ligne.

J'ai été heureux une seule année à l'école, c'était en grande section de maternelle avec une maîtresse qui s'appelait Marie. Elle, je ne l'oublierai jamais.

Quand j'y repense, je me dis que Marie est devenue institutrice juste pour continuer à faire ce qu'elle aimait dans la vie, c'est-à-dire bricoler, créer et fabriquer des choses. Je l'ai tout de suite aimée. Dès le premier matin du premier jour. Elle portait des vêtements qu'elle avait cousus elle-même, des pulls qu'elle avait tricotés et des bijoux qu'elle avait inventés. Il ne se passait pas une journée sans que nous ramenions quelque chose à la maison : un hérisson en papier mâché, un chat avec une bouteille de lait, une souris dans une coquille de noix, des mobiles, des dessins, des peintures, des collages... C'était une maîtresse qui n'attendait pas le jour de la fête des Mères pour nous demander de mettre la main à la pâte. Elle disait qu'une journée réussie était une journée où l'on avait produit quelque chose. Quand j'y pense, je me dis que cette année de bonheur est aussi à l'origine de tous mes malheurs parce que c'est à ce moment-là que j'ai compris une chose très simple : rien ne m'intéressait plus au monde que mes mains et ce qu'elles pouvaient fabriquer.

Pour en finir avec Marie, je sais aussi ce que je lui dois. Je lui dois un CP à peu près convenable. Parce qu'elle avait bien compris à qui elle avait affaire. Elle savait que les larmes me montaient facilement aux yeux quand il s'agissait d'écrire mon prénom, que je ne retenais rien et que c'était l'horreur pour moi de réciter une comptine. À la fin de l'année, le dernier jour, je suis allé lui dire au revoir. Ma gorge était serrée et j'avais du mal à parler. Je lui ai tendu mon cadeau, c'était un super pot à crayons avec un tiroir pour les trombones, un autre pour les punaises, un endroit pour poser sa gomme et tout ça. J'avais passé des heures à le mettre au point et à le décorer. Je voyais bien que ça lui faisait plaisir et qu'elle avait l'air aussi émue que moi. Elle m'a dit :

— Moi aussi j'ai un cadeau pour toi, Grégoire…

C'était un gros livre. Elle a ajouté :

— L'année prochaine, tu seras chez les grands, dans la classe de Mme Daret, et il faudra que tu t'appliques beaucoup… Tu sais pourquoi ?

J'ai secoué la tête.

— Pour pouvoir lire tout ce qu'il y a là-dedans…

Une fois chez moi, j'ai demandé à ma mère de me lire le titre. Elle a mis ce gros livre sur ses genoux, et elle a dit :

— *1 000 activités pour les petites mains*. Ouh là là, que de bazar en perspective !

J'ai détesté Mme Daret. J'ai détesté le son de sa voix, ses façons et sa sale manie d'avoir toujours des chouchous. Mais j'ai appris à lire parce que je voulais fabriquer l'hippopotame en boîte d'œufs de la page 124.

Sur mon bulletin de fin de maternelle, Marie avait écrit :

« Ce garçon a une tête en forme de passoire, des doigts de fée et un cœur gros comme ça. On devrait réussir à en faire quelque chose. »

C'était la première et dernière fois de ma vie qu'un membre de l'éducation nationale ne me saquait pas.

**
*

De toute façon, j'en connais plein, des gens qui n'aiment pas ça. Vous, par exemple, si je vous demande : « Tu aimes l'école ? » Vous allez secouer la tête et me répondre que non, c'est évident. Il n'y a que les super fayots pour dire oui, ou alors ceux qui sont tellement bons que ça les amuse de venir tous les matins tester leurs capacités. Mais sinon… Qui aime *vraiment* ça ? Personne. Et qui déteste *vraiment* ça ? Pas grand-monde non plus. Si. Il y a ceux qui sont comme moi, ceux qu'on appelle des cancres et qui ont tout le temps mal au ventre.

Moi, j'ouvre les yeux au moins une heure avant que mon réveil sonne, et pendant une heure je sens mon mal de ventre qui enfle, qui enfle… Au moment de descendre de mon lit superposé, j'ai tellement mal au cœur que j'ai l'impression d'être sur un bateau en pleine mer. Le petit déjeuner est un supplice. En vérité, je ne peux rien avaler, mais comme ma mère est toujours sur mon dos, je prends des biscottes. Dans le bus, mon mal de ventre se transforme en une boule très dure. Si je rencontre des copains et qu'on parle de *Zelda,* par exemple, ça va un peu mieux, la boule diminue, mais si je suis seul, elle m'étouffe. Mais le pire du pire, c'est quand j'arrive sous le préau. C'est *l'odeur* de l'école qui me rend le plus malade. Les années passent et les lieux changent, mais l'odeur reste la même. Une odeur de craie et de vieilles baskets mélangées, qui me prend à la gorge et me soulève le cœur.

La boule commence à fondre vers quatre heures, et elle a complètement disparu quand j'ouvre de nouveau la porte de ma chambre. Elle revient quand mes parents rentrent et qu'ils viennent me poser des questions sur ma journée et fouiller dans mon sac pour vérifier mon agenda et mon carnet de correspondance, mais en moins fort, parce qu'avec eux j'ai l'habitude des crises maintenant.

Enfin, non, je suis en train de mentir là… Je ne m'y habitue pas du tout. Les crises se succèdent, et je n'arrive pas à m'y faire. C'est assez pénible. Comme mes parents ne s'aiment plus des masses, ils ont besoin de s'engueuler tous les soirs ; et comme ils ne savent pas comment commencer, ils se servent de moi et de mes notes pourries comme prétexte. C'est toujours la faute de l'un ou de l'autre. Ma mère reproche à mon père de n'avoir jamais pris le temps de s'occuper de moi, et mon père lui répond que c'est sa faute à elle. Qu'elle m'a trop gâté.

J'en ai marre, mais j'en ai marre…
J'en ai marre à un point que vous ne pouvez même pas imaginer.

Dans ces moments-là, je me bouche les oreilles de l'intérieur, et je me concentre sur ce que je suis en train de construire : un vaisseau spatial pour Anakin Skywalker avec mes Légo *System*, ou un appareil pour presser les tubes de dentifrice avec mon Meccano, ou une pyramide géante en Kaplas. Après, il y a le supplice des devoirs. Si c'est ma mère qui m'aide, elle finit toujours par pleurer. Si c'est mon père, c'est toujours moi qui finis par pleurer.

Je vous raconte tout ça, je ne voudrais pas que vous pensiez que mes parents sont nuls ou qu'ils s'acharnent sur moi, non, non, ils sont super, enfin super... Ils sont normaux, quoi. C'est juste l'école qui gâche tout. D'ailleurs, c'était pour ça que je ne notais que la moitié des devoirs sur mon agenda l'année dernière, c'était pour éviter toutes ces crises et ces soirées de malheur. C'était vraiment la seule raison, mais je n'ai pas osé la dire à la directrice du collège quand je me suis retrouvé en larmes dans son bureau. C'est bête.

De toute façon, j'ai bien fait de me taire. Qu'est-ce qu'elle aurait compris, cette grosse dinde ? Rien, puisqu'elle m'a renvoyé le mois suivant.

Elle m'a renvoyé à cause du sport.

Il faut dire que je déteste le sport presque autant que l'école. Pas tout à fait, mais presque.

C'est sûr, vous me verriez, vous comprendriez mieux pourquoi les tatamis et moi, ça fait deux ! Je ne suis pas très grand, pas très gros et pas très fort. Je dirais même plus : je ne suis pas très grand, pas très gros et tout mougoudou.

Ça m'arrive de mettre mes mains sur mes hanches et de me regarder dans la glace en gonflant mon torse. C'est assez surprenant, on dirait un ver de terre en train de faire du bodybuilding, ou bien celui qui veut s'engager dans *Astérix légionnaire* : on croit qu'il est un peu baraqué, mais quand il enlève son manteau en peau de bête, on se rend compte que c'est un pur gringalet. Quand je vois mon reflet, c'est à lui que je pense.

Mais, bon, je ne peux pas me prendre la tête avec *tout* dans la vie, il faut bien lâcher du lest sur certaines choses, sinon, je deviendrais carrément neuneu. Et le lest, c'est en E.P.S. que je l'ai lâché l'année dernière. Rien que d'écrire ces mots, la banane me monte au visage... Car c'est à Mme Berluron et à ses cours d'E.P.S. que je dois les plus merveilleux fous rires de ma vie.

Ça a commencé comme ça :
— Dubosc Grégoire, a-t-elle dit en zyeutant son carnet.
— Oui.

Je savais que j'allais encore foirer l'enchaîne-
ment et me couvrir de ridicule. Je me demandais quand tout cela finirait.

Je me suis avancé, et les autres se mettaient
déjà à ricaner.

Mais ils ne se moquaient pas de ma nullité,
pour une fois, ils riaient à cause de ma dégaine.
J'avais oublié mes affaires, et comme c'était la
troisième fois du trimestre, j'avais emprunté la
tenue du frère de Benjamin pour ne pas être
collé. (J'ai été plus collé en un an que vous ne
le serez jamais de toute votre vie !) Ce que je
ne savais pas, c'est que le frère de Benjamin
était un clone du Géant vert et qu'il mesurait
un mètre quatre-vingt-dix…

Me voilà donc en train de me dandiner dans un
survêtement XXL et des tennis taille 45. Inu-
tile de dire que j'avais mon petit succès…

— Qu'est-ce que c'est que cette tenue, encore ?
a gueulé la mère Berluron.

J'ai pris mon air niais, et j'ai dit :

— Ben, je comprends pas, madame, la semaine
dernière, ça m'allait bien… Je comprends
pas…

Elle semblait excédée :

— Vous allez me faire une double roulade
avant, pieds joints.

J'ai fait une première galipette catastrophique,
et j'ai perdu une tennis. J'ai entendu les autres
se marrer, alors, pour leur faire plaisir, j'en ai
fait une deuxième, et je me suis débrouillé
pour envoyer l'autre godasse au plafond.

Quand je me suis relevé, on voyait un bout de
mon slip parce que mon pantalon avait glissé.
Mme Berluron était toute rouge, et ceux de ma
classe, morts de rire. D'entendre tous ces rires,

ça a été comme un déclic parce que, pour une fois, ce n'étaient pas des rires méchants, c'étaient des rires super, comme au cirque, et c'est à partir de ce cours-là que j'ai décidé d'être le clown du cours de gym. Le bouffon de Mme Berluron. D'entendre les gens rire grâce à vous, ça fait chaud au cœur et, après, c'est comme une drogue : plus les gens rient, plus vous avez envie de les faire rire.

Mme Berluron m'a collé si souvent qu'il n'y avait plus de pages dans mon carnet de correspondance. À la fin, je me suis même fait renvoyer à cause de tout ça, mais je ne regrette rien. Grâce à elle, je me suis senti un tout petit peu heureux à l'école, un tout petit peu utile.


Il faut dire que j'ai fichu un bazar pas possible. Avant, personne ne voulait de moi dans son équipe parce que j'étais trop nul, et, après, ils se battaient pour m'avoir parce qu'avec mes pitreries je déstabilisais les adversaires. Je me souviens d'un jour où l'on m'avait mis dans les buts… Quelle crise… Quand le ballon approchait, j'escaladais les filets de la cage comme un singe affolé en hurlant de terreur, et quand je devais le remettre en jeu, je me débrouillais toujours pour envoyer le ballon derrière moi et nous recoller un but direct.

Une fois même, je me suis jeté en avant pour récupérer un ballon. Bien sûr, je ne l'ai pas touché, mais quand je me suis relevé, je mâchais une touffe d'herbe, comme une vache, en faisant « meuhhhh ». Ce jour-là, Karine Lelièvre a fait pipi dans sa culotte, et j'ai été collé deux heures… Mais ça valait le coup.

J'ai été renvoyé à cause du cheval d'arçon.
C'est assez troublant d'ailleurs parce que, pour
une fois, je ne faisais pas le mariolle. On devait
sauter sur ce gros machin en mousse en
s'accrochant aux poignées, et quand ça a été
mon tour je m'y suis mal pris et je me suis fait
hyper mal à la… enfin au… enfin, vous avez
compris ce que je veux dire… J'avais la bis-
touquette en compote, quoi. Bien sûr, les autres
ont cru que je faisais semblant de dire « ou-
youyouyouyouoûûûûûû » pour les faire rire, et
Berluron m'a traîné directement chez la dirlo.
J'étais plié en deux de douleur, mais je n'ai pas
pleuré.

Je ne voulais pas leur faire ce plaisir.


Mes parents non plus ne m'ont pas cru, et
quand ils ont su que j'avais été mis à la porte

pour de bon, ça a été ma fête. Pour une fois, ils criaient dans la même direction et ils s'en sont donné à cœur joie.

Quand enfin ils m'ont laissé repartir dans ma chambre, j'ai fermé la porte, et je me suis assis par terre. Je me suis dit : « Soit tu montes sur ton lit et tu pleures. Et tu aurais raison de pleurer parce que ta vie ne vaut rien et que toi non plus tu ne vaux rien et que tu pourrais mourir tout de suite sans problème. Soit tu te relèves et tu construis quelque chose. » Ce soir-là j'ai fabriqué une bête monstrueuse avec plein de cochonneries que j'avais récupérées sur un chantier, et je l'ai appelée la « Berlue-Poilue ».

Ce n'était pas très malin, je vous l'accorde, mais ça m'a fait du bien et puis ça m'a évité de mouiller mon oreiller.

*
**

Le seul qui m'ait consolé à ce moment-là, c'est mon grand-père. Ce qui n'a rien d'étonnant d'ailleurs parce que mon grand-Léon m'a toujours consolé de tout depuis que je suis haut comme trois pommes et que j'ai l'âge de l'accompagner dans son cagibi.

Le cagibi de mon grand-Léon, c'est toute ma vie. C'est mon refuge et ma caverne d'Ali Baba. Quand ma grand-mère nous casse un peu les pieds, il se tourne vers moi et chuchote :

— Grégoire, ça te dirait, une petite virée à Léonland ?

Et nous filons en douce sous les sarcasmes de ma grand-mère :

— C'est ça ! Va donc intoxiquer ce petit...

Il hausse les épaules et répond :

— Je t'en prie Charlotte, je t'en prie. Nous nous isolons, Grégoire et moi, parce que nous avons besoin de calme pour réfléchir.

— Et pour réfléchir à quoi, on peut savoir ?

— Moi, je réfléchis à ma vie passée, et Grégoire à sa vie future.

Ma grand-mère se retourne en ajoutant qu'elle préférerait être sourde plutôt que d'entendre ça. Ce à quoi mon grand-père répond toujours :

— Mais, mon cœur, tu es *déjà* sourde.

Mon grand-Léon est aussi bricoleur que moi, sauf que lui, en plus, il est intelligent. En classe, c'était une bête : il a toujours été le premier en tout et il m'a avoué un jour qu'il n'avait jamais travaillé le dimanche (« Pourquoi ? – Parce que je n'en avais pas envie, tiens. ») Il était le premier en maths, en français, en latin, en anglais, en histoire, en tout ! À dix-sept ans, il a été admis à l'École Polytechnique, qui est la plus difficile de France. Et ensuite, il a construit des choses gigantesques : des ponts, des échangeurs d'autoroutes, des tunnels, des barrages, etc. Quand je lui demande cc qu'il faisait exactement, il rallume son mégot et réfléchit tout haut :

– Je ne sais pas. Je n'ai jamais su définir ma fonction… Disons que l'on me demandait de relire des plans et de donner mon avis : est-ce que le truc en question allait se casser la gueule, oui ou non ?

– C'est tout ?

– C'est tout, c'est tout... C'est déjà pas mal, mon gars ! Si tu dis non, et que le barrage s'effondre quand même, tu as vraiment l'air d'un con, crois-moi !

Le cagibi de mon grand-père est l'endroit où je suis le plus heureux au monde. Pourtant ce n'est pas grand-chose : un cabanon, fait de planches et de tôles ondulées, au fond d'un jardin, où l'on a trop froid l'hiver et trop chaud l'été. J'essaie d'y aller le plus souvent possible. Pour bricoler, pour emprunter des outils ou des morceaux de bois, pour voir mon grand-Léon au travail (en ce moment il construit un meuble sur mesure pour un restaurant), pour lui demander des conseils ou juste comme ça, pour rien. Pour le plaisir de venir m'asseoir dans un endroit qui me ressemble. Tout à l'heure, je vous parlais de l'odeur de l'école qui me donnait envie de vomir ; eh bien, là, c'est le contraire, quand j'entre dans ce réduit encombré, j'ouvre grand mes narines pour respirer l'odeur du bonheur. L'odeur du cambouis, de la graisse, du radiateur électrique, du fer à souder, de la colle à bois, du tabac et du reste. C'est délicieux. Je me suis promis qu'un jour j'arriverais à la distiller et j'inventerais un parfum que j'appellerais « Eau de Cagibi ».

Pour le respirer quand la vie me fera des misères.

Quand il avait su que je redoublais mon CE2, mon grand-Léon m'avait pris sur ses genoux et m'avait raconté l'histoire du lièvre et de la tortue. Je me souviens très bien comme j'étais blotti contre lui et combien sa voix était douce :

– Tu vois, mon grand, personne ne misait un kopeck sur cette fichue tortue, elle était beaucoup trop lente... Et pourtant, c'est elle qui a gagné... Et tu sais pourquoi elle a gagné ? Elle a gagné parce que c'était une petite bonne femme courageuse et vaillante. Et toi aussi, Grégoire, tu es courageux... Je le sais, je t'ai vu à l'œuvre. Je t'ai vu rester des heures et des heures dans le froid à poncer un bout de bois ou à peindre tes maquettes... Pour moi, tu es comme elle.

– Mais on nous demande jamais de poncer à l'école ! avais-je répondu en sanglotant. On nous demande que des trucs impossibles à faire !

Quand il a appris pour la sixième, ce n'était plus le même son de cloche.

Je suis arrivé chez eux comme d'habitude, et il ne m'a pas répondu quand je l'ai salué. Nous avons mangé en silence et, après le café, il ne se décidait pas à sortir.

– Grand-Léon ?

– Quoi ?

– On va au cagibi ?

– Non.

– Pourquoi non ?

– Parce que ta mère m'a annoncé la mauvaise nouvelle...

– ...

— Je ne te comprends pas ! Tu détestes l'école, et tu fais tout pour y rester le plus longtemps possible...

Je ne répondais rien.

— Mais tu n'es pas aussi abruti qu'on le dit, quand même !... Si, tu l'es ?

Il me parlait durement.

— Oui.

— Oh que ça m'énerve, ça ! Bien sûr, c'est plus facile de se dire qu'on est nul et ne rien faire ! Bien sûr ! C'est une fatalité ! C'est si simple de penser qu'on est maudit ! Alors quoi ? Quels sont tes projets maintenant ? Tu vas redoubler la cinquième, et puis la quatrième et, avec un peu de chance, tu auras ton bac pour tes trente ans !

Je tripotais le coin d'un coussin sans oser lever les yeux.

— Non, vraiment, je ne te comprends pas. En tout cas, ne compte plus sur le vieux Léon. J'aime les gens qui prennent leur vie en main, moi ! Je n'aime pas les feignants qui se font plaindre, et puis qui sont renvoyés pour indiscipline ! Ça n'a pas de sens ! Renvoyé d'abord, et redoublant ensuite. Bravo ! Joli tableau. Je te félicite. Quand je pense que je t'ai toujours défendu… Toujours ! Je disais à tes parents d'avoir confiance, je te trouvais des excuses, je t'encourageais ! Je vais te dire quelque chose, mon ami : c'est plus facile d'être malheureux qu'heureux, et moi, tu m'entends, je n'aime pas les gens qui choisissent la facilité, je n'aime pas les geignards !

Sois heureux, merde ! Fais ce qu'il faut pour être heureux !

Et il s'est mis à tousser. Ma grand-mère a accouru, et je suis sorti.

Je suis allé dans le cagibi. J'avais très froid. Je me suis assis sur un vieux bidon, et je me suis demandé ce que je pouvais bien faire pour prendre ma vie en main.

Je voulais bien *tout* construire, mais là, j'avais un problème : je n'avais ni projet, ni modèle, ni plans, ni matériaux, ni outils, ni rien. J'avais juste un poids énorme sur le cœur qui m'empêchait de pleurer. Avec mon Opinel, j'ai gravé quelque chose sur l'établi de mon grand-père, et je suis reparti chez moi sans leur dire au revoir.

*
**

À la maison, la crise a été plus longue, plus bruyante et plus angoissante encore que d'habitude. On était à la fin du mois de juin, et aucun collège ne voulait me prendre en septembre. Mes parents s'arrachaient les cheveux et se crêpaient le chignon. C'était fatigant. Et moi, je me tassais tous les jours un peu plus. Je me disais qu'à force de me faire tout petit comme ça, à force d'essayer de me faire oublier, j'allais peut-être finir par disparaître complètement et que tous mes problèmes seraient résolus d'un coup.

J'avais été renvoyé le 11 juin. Au début, je suis resté à traîner chez moi toute la journée. Le matin, je regardais la Cinquième ou les Téléachats (ils ont toujours des objets incroyables,

...ux Téléachats) et l'après-midi je relisais des vieilles bédés ou j'avançais un puzzle de 5 000 pièces que m'avait offert ma tante Fanny.

Mais j'en ai eu vite marre. Il fallait que je me trouve quelque chose pour m'occuper les mains... Alors, j'ai inspecté la maison pour voir s'il n'y avait pas des améliorations à envisager. J'avais souvent entendu ma mère se plaindre du repassage en disant que son rêve serait de pouvoir le faire assise. Je me suis donc attelé au problème.

J'ai démonté le pied de la table à repasser, qui l'aurait empêchée de glisser ses jambes dessous, j'ai calculé la hauteur, et je l'ai fixée sur quatre pieds en bois comme s'il s'était agi d'un bureau normal. Ensuite, j'ai récupéré les petites roues d'une vieille table roulante que j'avais trouvée sur le trottoir d'en face la semaine d'avant, et je les ai fixées sur une chaise dont on ne se servait plus. Je lui ai même arrangé le plateau où elle posait son fer parce qu'elle venait de changer de modèle. Elle s'était acheté une centrale vapeur Moulinex, et je me doutais que le plateau ne serait plus assez solide. Ça m'a pris deux bonnes journées. Après, je me suis attaqué au moteur de la tondeuse. Je l'ai entièrement démonté, nettoyé, puis remonté pièce par pièce. Elle a démarré du premier coup. Mon père ne voulait pas me croire, mais je savais bien que ce n'était pas la peine de la ramener chez Jardiland, que c'était juste un problème de saleté.

Ce soir-là, au dîner, l'ambiance était plus détendue. Ma mère m'avait fait un croquemadame, mon plat préféré, pour me remercier, et mon père n'avait pas allumé la télé.

C'est lui qui a parlé le premier :

— Tu vois, ce qui est agaçant avec toi, bonhomme, c'est que tu es doué quand même... Alors, qu'est-ce qu'on peut faire pour toi, pour t'aider ? Tu n'aimes pas l'école, c'est un fait. Mais l'école est obligatoire jusqu'à seize ans, tu le sais, ça ?

J'ai hoché la tête.

— C'est un cercle vicieux : moins tu travailles, et plus tu détestes l'école ; plus tu la détestes, et moins tu travailles... Comment vas-tu t'en sortir ?

— Je vais attendre d'avoir seize ans, et je remonterai mes manches.

– Mais tu rêves, là ! Qui t'embauchera ?

– Personne, je le sais, mais j'inventerai des choses, et j'en fabriquerai d'autres. Je n'ai pas besoin de beaucoup d'argent pour vivre.

– Oh, ne crois pas ça ! Bien sûr, tu n'as pas besoin d'être aussi riche que l'oncle Picsou, mais il t'en faudra quand même plus que tu ne penses. Il te faudra acheter des outils, un atelier, un camion… que sais-je encore ? Peu importe, laissons là cette histoire d'argent pour le moment, ce n'est pas ça qui me préoccupe. Parlons plutôt de tes études… Grégoire, ne fais pas la grimace comme ça, regarde-moi, s'il te plaît. Tu n'arriveras à rien sans un minimum de connaissances. Imagine que tu inventes un truc formidable. Il faudra que tu déposes un brevet, n'est-ce pas ? Et donc que tu le rédiges en français correct… Et puis, on n'apporte pas une invention comme ça, il faudra des plans, des échelles, des cotes pour être pris au sérieux, sinon tu vas te faire piquer ton idée en moins de deux...

— Tu crois ?

— Je ne crois pas, j'en suis sûr.

Tout cela me laissait perplexe, je sentais confusément qu'il avait raison.

— Parce que, vous savez, j'en ai une d'invention qui pourrait assurer ma richesse et celles de mes enfants, et même la vôtre peut-être...

— De quoi s'agit-il ? demanda ma mère en souriant.

— Vous me jurez de garder l'info top secret ?

— Oui, dirent-ils ensemble.

— Jurez-le.

— Je le jure.

— Moi aussi.

– Non, dis « Je le jure », maman.

– Je le jure.

– Alors voilà... En fait, ce serait des chaussures spécialement conçues pour les gens qui marchent en montagne... Il y aurait un petit talon amovible. Tu le mettrais en position normale quand tu grimpes, tu l'enlèverais quand c'est plat, et tu le repositionnerais au moment de descendre, mais pas au même endroit, devant, sous les orteils, comme ça, tu resterais toujours en équilibre...

Mes parents ont acquiescé.

– C'est pas idiot, son truc, a dit ma mère.

– Il faudrait que tu te mettes en cheville avec un magasin comme Décathlon...

Ça me faisait plaisir de sentir qu'ils s'intéressaient à moi. Mais le charme a été rompu quand mon père a ajouté :

—Et pour commercialiser ta merveille, il faudra que tu sois bon en maths, en informatique et en économie… Tu vois, on en revient à ce que je te disais tout à l'heure…

J'ai continué à m'agiter comme ça jusqu'à la fin du mois de juin. J'ai aidé nos nouveaux voisins à déblayer leur jardin. J'ai arraché tant de mauvaises herbes que mes doigts avaient enflé et étaient devenus verdâtres. On aurait dit les mains de Hulk.

Nos voisins s'appelaient M. et Mme Martineau. Ils avaient un fils, Charles, qui avait juste un an de plus que moi. Mais je ne m'entendais pas avec lui. Il était toujours scotché à sa console ou à ses feuilletons débiles et, à chaque fois qu'il m'adressait la parole, c'était pour me demander en quelle classe je serais l'année prochaine. Ça devenait légèrement agaçant, à la fin.

Ma mère continuait de passer des coups de téléphone pour trouver l'établissement qui aurait la grande, l'immense bonté de daigner m'accepter en septembre. Tous les matins, nous recevions des tonnes de prospectus dans la boîte aux lettres. Des belles photos sur papier glacé qui vantaient les mérites de tel ou tel collège.

C'était pathétique et totalement mensonger. Je les feuilletais en secouant la tête, je me demandais surtout comment ils avaient fait pour prendre en photo des élèves en train de sourire. Soit ils les avaient payés, soit on était en train de leur annoncer que leur prof de français venait de tomber dans un ravin. Il n'y avait qu'une école qui me plaisait, mais elle était située à Pétaouchnoque-les-Oies, du côté de Valence. Sur les photos, les élèves n'étaient pas assis derrière un pupitre à sourire niaisement. On les voyait dans une serre, en train de rempoter des plantes ou à côté d'un établi en train de couper des planches de bois, et eux, ils ne souriaient pas, ils étaient concentrés. Ça avait l'air pas mal, mais c'était un lycée technique. Mon mal de ventre revenait sans crier gare.

M. Martineau m'a fait une proposition : l'aider à décoller son vieux papier peint contre un salaire. J'ai accepté. Nous sommes allés chez Kiloutou, et nous avons loué deux décolleuses à vapeur. Sa femme et Charles étaient partis en vacances et mes parents travaillaient. Nous étions tranquilles.

Nous avons fait du bon boulot ; mais quelle fatigue ! Surtout que c'était la canicule. Être dans la vapeur quand il fait 30° à l'ombre, je ne vous dis pas... Un vrai sauna ! J'ai bu de la bière pour la première fois de ma vie et j'ai détesté ça.

Grand-Léon, qui passait par là, est venu nous donner un coup de main. M. Martineau était ravi. Il disait : « Nous sommes des travailleurs de force, mais vous, vous êtes un homme de l'art, monsieur Dubosc... » En effet, mon grand-père a mis son nez dans tous les problèmes délicats de plomberie et d'électricité pendant que nous suions à grosses gouttes en proférant des tonnes de gros mots.

M. Martineau disait souvent : « merdus merda merdum merdorum merdis merdis » (c'est du latin).

Finalement, mes parents m'ont inscrit au collège Jean-Moulin, juste à côté de chez nous. Au début, ils ne voulaient pas m'y envoyer parce qu'il a mauvaise réputation. Il paraît que le niveau est nul et que les élèves se font racketter, mais comme c'était le seul à m'accepter, ils n'ont pas eu le choix. Ils ont déposé mon dossier scolaire et je suis allé au Photomaton me faire tirer le portrait. J'avais vraiment une sale gueule sur ces petites photos. Je me disais qu'ils allaient être contents de leur nouvelle recrue au collège Jean Moulin : un mec de treize ans en sixième avec les mains de

Hulk et la tête de Frankenstein... Ça, c'était une bonne affaire !

Le mois de juillet a filé à toute allure. J'ai appris à poser du papier peint. J'ai appris à badigeonner les lés de colle (j'ai appris le mot « lé » !). J'ai appris à les replier convenablement, à manier la roulette pour écraser les bords et à maroufler pour éviter les cloques. J'ai appris des tonnes de choses. Je peux dire aujourd'hui que je suis un as de la colle Perfax et du papier à rayures. J'ai aidé mon grand-père à démêler des fils électriques et à faire des essais :

– Ça marche ?

– Non.

– Et là ?

– Non.

– Merde. Et là ?
– Oui.


J'ai préparé des sandwichs de soixante centi-
mètres de long, j'ai verni des portes, changé
des fusibles et écouté Les Grosses Têtes pendant un mois. Un mois de bonheur.
Il aurait fallu que ça ne s'arrête jamais, et qu'en
septembre je commence un autre chantier avec
un autre patron… C'était ce à quoi je pensais
quand je mordais dans mon sandwich au sau-
cisson : encore trois ans à tirer, et bonsoir la
compagnie.
Trois ans, c'est long.


Et puis il y avait autre chose qui me tracassait,
c'était la santé de grand-Léon. Il toussait de
plus en plus souvent, de plus en plus long-

temps et s'asseyait pour un oui ou pour un non.
Ma grand-mère m'avait fait promettre que je
l'empêcherais de fumer mais je n'y arrivais
pas. Il me répondait :

– Laisse-moi ce plaisir, Toto. Après, je serai
mort.

Ce genre de réponse me rendait fou.

– Non, Toto, c'est *à cause* de ce plaisir que tu
vas mourir !

Il rigolait :

– Depuis quand tu te permets de m'appeler
Toto, Toto ?

Quand il me souriait comme ça, je me souve-
nais qu'il était la personne que j'aimais le plus
au monde et qu'il n'avait pas le droit de
mourir. Jamais.

Le dernier jour, M. Martineau nous a invités, mon grand-père et moi, dans un très bon restaurant et ils ont fumé deux super gros cigares après le café. Je n'osais pas penser au chagrin de sa Lolotte si elle avait vu ça…

Au moment de nous séparer, mon voisin m'a tendu une enveloppe :

– Tiens. Tu l'as bien mérité, va…

Je ne l'ai pas ouverte tout de suite. Je l'ai ouverte sur mon lit quand je suis revenu chez moi. Elle contenait deux cents euros. Quatre billets orange… Ça m'a laissé tout abasourdi : je n'avais jamais eu ni même vu autant d'argent de ma vie. Je ne voulais pas en parler à mes parents parce qu'ils allaient me casser les pieds avec mon livret de caisse d'épargne. J'ai caché les billets dans un endroit où personne au monde n'aurait eu l'idée de les chercher et j'ai commencé à cogiter, cogiter, cogiter…

Qu'est-ce que j'allais bien pouvoir m'acheter avec tout ça? Des moteurs pour mes maquettes? (Ça vaut la peau des… euh… du dos.) Des bandes dessinées? Le logiciel « Cent constructions extraordinaires »? Un blouson Timberland? Une scie sauteuse pendulaire Bosch?

Ces quatre gros billets me donnaient le tournis, et quand nous avons fermé la maison le 31 juillet au soir pour partir en vacances, j'ai passé plus d'une heure à chercher une planque assez sûre. J'étais comme ma mère qui tournait en rond avec les chandeliers en argent de sa grand-tante entre les mains. Je crois que nous étions un peu ridicules tous les deux. Je crois que les voleurs sont toujours plus malins que nous...

\*\*

Je n'ai rien d'extraordinaire à vous raconter à propos de ce mois d'août. Je l'ai juste trouvé bien long et bien ennuyeux. Comme tous les ans, mes parents avaient loué un appartement en Bretagne et, comme tous les ans, j'ai dû remplir des pages et des pages de cahier de vacances.

*Passeport pour la sixième,* le Retour.

Je passais des heures à mâchonner mon stylo en regardant les mouettes. Je rêvais que je me transformais en mouette. Je rêvais que je volais jusqu'au phare rouge et blanc, tout là-bas. Je

rêvais que je devenais copine avec une hiron-
delle et qu'au mois de septembre, le 4 par
exemple – comme par hasard juste le jour de la
rentrée ! –, nous partions ensemble pour les
pays chauds. Je rêvais que je traversais les
océans, je rêvais que nous all…

Et je secouais la tête pour revenir à la réalité.

Je relisais mon problème de maths, une histoire débile de sacs de plâtre à empiler, et je
rêvais encore : une mouette venait s'oublier sur l'énoncé… Splotch ! une grosse
fiente blanche qui pourrirait toute la page.

Je rêvais à tout ce que je pouvais faire avec sept
sacs de plâtre…

Bref, je rêvais.

Mes parents ne surveillaient pas de trop près
mon travail. C'étaient leurs vacances à eux

aussi, et ils n'avaient pas envie de prendre un coup de chaud en essayant de déchiffrer mes pattes de mouche. Tout ce qu'ils exigeaient de moi, c'était que je reste enfermé tous les matins, le cul sur une chaise et derrière un bureau.

Tout cela n'avait aucun sens. Je recouvrais les pages de ce fichu cahier de dessins, de croquis et de plans délirants. Je ne m'ennuyais pas, c'était juste que ma vie ne me faisait aucun effet. Je me disais : être là ou ailleurs, quelle importance ? Je me disais aussi : être ou n'être pas, quelle importance ? (Comme vous pouvez le constater, je suis une quiche en maths, mais je me défends pas mal en philosophie !)

L'après-midi, j'allais à la plage avec ma mère ou avec mon père, mais jamais avec les deux en même temps. Ça aussi, ça faisait partie de leur plan de vacances : ne pas être obligés de se supporter toute la journée. Il se passait quelque chose de pas vraiment génial entre mes parents. Il y avait souvent des sous-entendus, des réflexions ou des remarques piquantes qui nous plongeaient tous dans un profond silence. Nous étions une famille toujours de mauvaise humeur. Je rêvais de rires et de blagues à table, comme dans la pub pour « L'ami du petiiiit déjeuner, l'amiii Ricoréééé », mais je ne me faisais aucune illusion.

Quand il a fallu faire nos valises et ranger la maison, il y a eu comme un soulagement dans l'air. C'était débile. Dépenser tant d'argent et partir si loin pour être finalement soulagé de rentrer... Je trouvais ça débile.

**\*\***

Ma mère a récupéré ses chandeliers, et moi mes sous. (Maintenant je peux vous le dire, j'avais roulé les billets, et je les avais glissés dans la sarbacane de mon vieil Action man !) Les feuilles ont jauni, et mon mal de ventre est revenu.

J'allais donc au collège Jean-Moulin.

Je n'étais pas le plus vieux de ma classe, et encore moins le plus nul. Je me la coulais douce. Je restais dans le fond et j'évitais de croiser la route des gros caïds de l'école. J'ai abandonné l'idée d'un blouson Timberland parce que je me doutais bien que je ne l'aurais pas gardé très longtemps par ici…

L'école ne me rendait plus tellemen[...] pour la bonne raison que je n'avais plu[...] pression d'aller à l'école. J'avais l'impres[...] d'aller dans une espèce de garderie-zoo, [...] l'on parquait deux mille adolescents du matin jusqu'au soir. Je végétais en permanence. J'étais choqué par la façon dont certains élèves s'adressaient aux profs. Je bougeais le moins possible. Je comptais les jours.

À la mi-octobre, ma mère a pris un coup de sang. Elle ne supportait plus l'absence de mon (ou ma, je n'ai jamais su !) prof de français. Elle ne supportait plus mon vocabulaire, elle disait que je devenais de plus en plus bête chaque jour. Bête à manger du foin. Elle ne comprenait pas pourquoi je ne ramenais jamais de notes, et surtout, elle devenait hystérique

...e venait me chercher à cinq heures et
... voyait des garçons de mon âge en train
...umer des joints sous les arcades de la
...lerie marchande.

Donc, grosse crise à la maison. Cris, larmes et morve à volonté.

Et, en conclusion, la pension.

Après une soirée houleuse, mes parents avaient décidé d'un commun accord de m'envoyer en pension. Super.

Cette nuit-là, j'ai serré les dents.

Le lendemain, c'était mercredi. Je suis allé chez mes grands-parents. Ma grand-mère m'avait préparé des petites pommes sautées comme j'aime et mon grand-Léon n'osait pas m'adresser la parole. L'ambiance était morose.

Après le café, nous sommes allés ⌐
cagibi. Il a glissé une cigarette entre ses ⌐
sans l'allumer.

— J'arrête, m'a-t-il avoué. Je ne fais pas ça pou⌐
moi, tu penses, je fais ça pour mon emmer-
deuse de femme…

J'ai souri.

Ensuite il m'a demandé de l'aider à visser des
charnières ; et quand, enfin, j'ai eu l'esprit bien
occupé, il a commencé à me parler tout
doucement :

— Grégoire ?

— Oui.

— Alors, tu vas aller en pension, on m'a dit ?

— …

— Ça ne te plaît pas ?

— …

peu, de prendre l'air, de voir autre chose, tu étouffes entre tes parents. Tu es leur fils unique, ils n'ont que toi, et ils ne voient que par toi. Ils ne se rendent pas compte du mal qu'ils te font à tant miser sur toi. Non, ils ne se rendent pas compte. Je crois que le mal est plus profond que ça... Je crois qu'ils devraient commencer par régler leurs propres problèmes avant de s'exciter sur ton cas. Je... Oh non, Grégoire, ne fais pas cette tête-là. Non, mon grand, je ne voulais pas te faire de peine, je voulais juste que tu... Oh, et puis merde ! Je ne peux même plus te prendre sur mes genoux ! Tu es trop grand maintenant. Attends, écarte un peu les bras là, c'est moi qui vais venir sur les tiens... Non, ne pleure pas. Ce serait trop triste...

est pas du chagrin, grand-Léon, c'est juste
l'eau qui déborde...

– Oh, mon grand, mon tout petit... Allez, c'est
fini. Reprends-toi, reprenons-nous. Il faut finir
ce meuble pour Joseph si on veut manger à
l'œil au Pique-assiette... Tiens, ramasse ton
tournevis.

Je me suis mouché dans ma manche.

Et puis, en plein milieu du silence, alors que
j'attaquais la deuxième porte, il a ajouté :

– Juste une dernière chose, et après je ne t'en
parle plus. Ce que je voulais te dire est très
important... Je voulais te dire que si tes parents
se disputent, ce n'est pas à cause de toi. C'est à
cause d'eux, et d'eux seuls. Tu n'as rien à voir
là-dedans, tu n'y es pour rien, tu m'entends ?
Pour rien du tout. Et je peux même t'assurer
que si tu étais toujours premier en classe, si tu

ne ramenais que des 19 et des 20, eh bien, ils continueraient à se disputer. Ils seraient juste obligés de trouver d'autres prétextes, c'est tout.

Je n'ai rien répondu. J'ai passé une première couche de Bondex sur le meuble de Joseph.

**\***
**\*\***

Quand je suis rentré chez moi, mes parents feuilletaient des prospectus et tapotaient sur une machine à calculer. Si la vie était comme dans une bulle de bande dessinée, j'aurais vu de la fumée noire au-dessus de leurs têtes. J'ai dit : « B'soir » en me dirigeant rapidement vers ma chambre, mais ils m'en ont empêché :

– Grégoire, viens par là.

Au son de sa voix, j'ai deviné que mon père n'était pas d'humeur à plaisanter.

— Assieds-toi.

Je me demandais à quelle sauce j'allais encore être mangé...

— Comme tu sais, ta mère et moi nous avons décidé de t'envoyer en pension...

J'ai baissé les yeux. Je pensais : « Pour une fois que vous êtes d'accord sur quelque chose ! Ce n'est pas trop tôt. Dommage que ce soit sur un truc aussi nul... »

— J'imagine que cette idée ne t'emballe pas, mais c'est ainsi. Nous sommes dans une impasse. Tu ne fais rien à l'école, tu as été renvoyé, personne ne veut de toi, et le collège du quartier ne vaut rien. Il n'y a pas trente-six solutions... Mais ce que tu ne sais peut-être pas, c'est que c'est très cher. Il faut que tu te rendes compte que nous faisons un gros effort financier pour toi, un véritable effort…

J'ai ricané dans ma tête : « Oh… mais il ne fallait pas ! Merci ! Merci, Messeigneurs. Vous êtes trop bons. Puis-je vous baiser les pieds, Messeigneurs ? »

Mon père a continué :

— Tu ne veux pas savoir où tu vas aller ?

— …

— Tu t'en moques ?

— Non.

— Eh bien, nous n'en savons rien, figure-toi. Cette histoire est un vrai casse-tête. Ta mère vient de passer l'après-midi au téléphone, sans succès. Il faut trouver un établissement qui accepte de te prendre en cours d'année et qui…

— C'est là que je veux aller, ai-je dit en lui coupant la parole.

– Où, « là » ?

– Là.

Je lui ai tendu le petit dépliant où l'on voyait des élèves travailler derrière un établi. Ma mère a remis ses lunettes :

– Où est-ce ? À trente kilomètres au nord de Valence… Le lycée technique de Grandchamps… Mais il ne font pas collège…

– Si. Il y a aussi un collège.

– Comment le sais-tu ? a demandé mon père.

– J'ai téléphoné.

– Toi ! ?

– Ben oui, moi.

– Quand ?

– Juste avant les vacances.

– Toi ? ! Tu as téléphoné ! Mais pourquoi ?

– Comme ça… juste pour savoir.

– Et alors ?

– Alors rien.

– Pourquoi est-ce que tu ne nous en as pas parlé ?

– Parce que c'est impossible.

– Pourquoi c'est impossible ?

– Parce qu'ils prennent les élèves sur dossier, et il est nul, mon dossier ! Il est tellement nul qu'on ne pourrait même pas allumer un feu avec...

Mes parents se taisaient. Mon père lisait le programme de Grandchamps, et ma mère soupirait.

Le lendemain je suis allé en cours normalement, et puis le surlendemain, et le jour d'après aussi.

Je commençais à comprendre l'expression « griller un fusible ».

C'était exactement ça. J'avais grillé un fusible. Un bout de moi s'était éteint et tout m'était devenu égal.

Je ne faisais plus rien. Je n'avais plus d'idées. Plus d'envies. Plus rien. J'ai rassemblé tous mes Légo dans un carton et je les ai donnés à Gabriel, mon petit cousin. Je regardais la télé tout le temps. Des kilomètres et des kilomètres de clips. Je restais allongé sur mon lit pendant des heures. Je ne bricolais plus. Mes mains pendaient bêtement de chaque côté de mon buste maigrichon. Quelquefois, j'avais l'impression qu'elles étaient mortes. Tout juste bonnes à zapper ou à ouvrir des canettes.

J'étais moche, je devenais crétin. Ma mère avait raison : j'allais bientôt pouvoir manger du foin à table.

Je n'avais même plus envie d'aller chez mes grands-parents. Ils étaient gentils, mais ils ne comprenaient rien. Ils étaient trop vieux. En plus, qu'est-ce qu'il pouvait capter de mes problèmes, grand-Léon ? Rien, vu qu'il a toujours été une bête, lui. Des problèmes, il n'en a jamais eu. Quant à mes parents, laisse tomber... Ils ne s'adressaient même plus la parole. De vrais zombies.

Je me retenais de les secouer un bon coup pour en faire tomber... quoi ? Je ne sais pas.

Un mot, un sourire, un geste ? Quelque chose.


J'étais avachi devant la télé quand le téléphone a sonné.

– Alors, Toto, tu m'as oublié ?

– Euh… Je n'ai pas très envie de venir aujour-
d'hui…

– Et alors ? Et Joseph ? Tu m'avais promis que
tu m'aiderais à lui livrer son meuble !

Oups ! J'avais complètement oublié.

– J'arrive. Excuse-moi !

– Pas de problème Toto, pas de problème. Il ne
va pas s'envoler.

Pour nous remercier, Joseph nous a offert
un bon gueuleton. J'ai mangé un tartare gros
comme le Vésuve, avec des tonnes de petits
machins, des câpres, des oignons, des herbes,
du piment… Miam. Grand-Léon me regardait
en souriant :

– Ça fait plaisir à voir, Toto. Heureuse-
ment que ton vieil ancêtre t'exploite de temps

en temps, comme ça tu peux manger à ta
faim.

— Et toi ? Tu ne manges rien ?

— Oh… Je n'ai pas très faim, tu sais… Ta
grand-mère m'a encore gavé au petit déjeuner.

Je savais qu'il mentait.


Après, nous sommes allés visiter les cuisines.
Je n'en revenais pas de voir la taille des poêles
et des casseroles : énormes. Et puis de grosses
louches, des cuillères en bois comme des cata-
pultes, des dizaines de couteaux rangés par
ordre de grandeur et super bien aiguisés.

Joseph a lancé :

— Tenez ! voilà Titi ! Notre dernière recrue…
C'est un bon gamin. On va se charger de lui
mettre une toque sur la tête et puis, vous
verrez, dans quelques années, ces couillons du

Michelin viendront lui faire des risettes, c'est moi qui vous le dis ! Tu dis bonjour, Titi ?

– Bonjour.

Il était un train d'éplucher mille milliards de kilos de patates. Il avait l'air plutôt content. Ses pieds avaient disparu sous une montagne d'épluchures. En le voyant, j'ai pensé : « Seize ans… il doit les avoir, lui… »

En me déposant devant chez moi, grand-Léon a encore insisté :

– Bon, alors tu fais comme on a dit, hein ?

– Oui, oui.

– Tu ne t'occupes ni des fautes, ni du style, ni de ton écriture de cochon. Tu ne t'occupes de rien. Tu dis juste ce que tu as sur le cœur, O.K. ?

– Oui, oui…

Je m'y suis mis le soir même. Je ne m'en fou-
tais pas tant que ça, puisque j'ai fait onze
brouillons. Pourtant ma lettre était assez
courte...

Je vous la recopie :

*« Monsieur le directeur de l'école de Grand-
champs,*

*Je voudrais être admis dans votre établisse-
ment, mais je sais que c'est impossible parce
que mon dossier scolaire est trop mauvais.*

*J'ai vu sur la publicité de votre école que vous
aviez des ateliers de mécanique, de menui-
serie, des salles d'informatique, une serre et
tout ça.*

*Je pense qu'il n'y a pas que les notes dans la
vie. Je pense qu'il y a aussi la motivation.*

*Je voudrais venir à Grandchamps parce que c'est là que je serais le plus heureux, je pense. Je ne suis pas très gros, je pèse 35 kilos d'espoir.*

*Au revoir,*

*Grégoire Dubosc*

*P.S n° 1 : C'est la première fois que je supplie quelqu'un pour aller à l'école, je me demande si je ne suis pas malade.*

*P.S n° 2 : Je vous envoie les plans d'une machine à éplucher les bananes que j'ai fabriquée quand j'avais sept ans. »*

Je l'ai relue, et je l'ai trouvée bien nunuche, mais je n'avais pas le courage de recommencer une treizième fois.

J'imaginais la tête du directeur quand il allait lire ça… Il allait certainement penser : « Mais qu'est-ce que c'est encore que ce Mickey ? » avant d'en faire une boulette et de la lancer dans sa corbeille. Je n'avais plus très envie de l'envoyer maintenant, mais bon, j'avais promis à grand-Léon et je ne pouvais plus reculer.

Je l'ai postée en revenant du collège, et c'est en m'asseyant pour goûter que j'ai relu le dépliant et que j'ai vu que le directeur était en fait une directrice. Mais quel âne ! ai-je pensé en me mordant la joue. Quel âne, quelle triple buse !…

35 kilos de crétinerie, oui…

Après, c'était les vacances de la Toussaint. Je suis allé à Orléans, chez Fanny, la sœur de ma mère. Je jouais sur l'ordinateur de mon oncle, je ne me couchais jamais avant minuit et je dormais le plus tard possible. Jusqu'à ce que mon petit cousin saute sur mon lit en criant :

– Des iégo ! On fait des iègo ? Guégoire, tu viens pour qu'on fait des iégo ?

Pendant quatre jours, j'ai fait des trucs en Légo : un garage, un village, un bateau… À chaque fois que je finissais quelque chose, il était super content, il l'admirait et puis blang ! le jetait par terre de toutes ses forces pour le casser en mille morceaux. La première fois, ça m'a carrément énervé mais quand je l'ai entendu rire, j'ai oublié mes deux heures de perdues. J'adorais l'entendre rire. Ça rallumait mon fusible.

C'est ma mère qui est venue me chercher à la gare d'Austerlitz. Une fois dans la voiture, elle m'a dit :

— J'ai deux nouvelles à t'annoncer, une bonne et une mauvaise. Je commence par laquelle ?

— La bonne.

— La directrice de Grandchamps a téléphoné hier. Elle est d'accord pour te prendre, mais il faudra que tu passes une sorte de test d'abord…

— Pffff… Si c'est ça que t'appelles une bonne nouvelle… Un test ! Qu'est-ce que tu veux que je fasse avec un test ? Des confettis ? Et la mauvaise ?

— Ton grand-père est à l'hôpital.

J'en étais sûr. Je le savais. Je le sentais.

— C'est grave ?

– On ne sait pas. Il a eu un malaise, et ils le gardent en observation. Il est très faible.

– Je veux le voir.

– Non. Pas maintenant. Personne ne peut le voir pour le moment. Il doit reprendre des forces à tout prix

Ma mère pleurait.

J'avais emporté mon livre de grammaire pour réviser dans le T.G.V., mais je ne l'ai pas ouvert. Je n'essayais même pas de faire semblant. J'étais incapable de mettre une pensée devant l'autre et de recommencer. Le train longeait d'immenses câbles électriques sur des kilomètres et des kilomètres, et à chaque poteau je disais tout bas : « grand-Léon.....

grand-Léon……. grand-Léon….. grand-Léon… grand-Léon….. grand-Léon……. grand-Léon….. grand-Léon……. grand-Léon….. » et entre les poteaux, je me disais : « Ne meurs pas. Reste là. J'ai besoin de toi. Charlotte aussi, elle a besoin de toi. Qu'est-ce qu'elle deviendrait sans toi ? Elle serait trop malheureuse. Et moi, alors ? Ne meurs pas. Tu n'as pas le droit de mourir. Je suis trop jeune. Je veux que tu me voies encore grandir. Je veux que tu sois encore fier de moi. Je n'en suis qu'au début de ma vie. J'ai besoin de toi. Et puis, si un jour je me marie, je voudrais que tu connaisses ma femme et mes enfants. Je veux que mes enfants aillent dans ton cagibi. Je veux que mes enfants sentent ton odeur. Je veux que… »

Je me suis endormi.

*
**

À Valence, un monsieur était venu m'attendre
à la descente du train. Pendant le trajet jusqu'à
l'école, j'ai appris que c'était le jardinier
de Grandchamps, enfin... le « régisseur »,
comme il disait...

J'aimais bien être dans sa camionnette, ça sen-
tait le gazole et les feuilles mortes.

J'ai dîné au réfectoire avec les autres pension-
naires. Que des grands maousses costauds. Ils
ont été sympa avec moi, ils m'ont donné plein
de tuyaux sur le bahut : les meilleures planques
pour fumer, comment se mettre bien avec la
dame de la cantine pour avoir du rab, la com-
bine pour monter au dortoir des filles par
l'escalier de secours, les petites manies des
profs et tout ça...

Ils riaient fort, ils étaient bêtes. Mais de la bonne bêtise. De la bêtise de garçon.

Leurs mains étaient belles avec des petites coupures partout et du cambouis sous les ongles. À un moment, ils m'ont demandé pourquoi j'étais là :

— Parce que plus aucune école ne veut de moi.

Ça les a fait marrer.

— Aucune ?

— Non. Aucune.

— Même l'asile ?

— Oui, j'ai dit, même à l'asile, ils ont trouvé que j'avais une mauvaise influence sur les autres.

Il y en a un qui m'a tapé dans le dos :

— Bienvenue au club, mec !

Après, je leur ai dit pour le test que je devais passer le lendemain matin.

– Ben qu'est-ce que tu fous encore là, alors ?
Va te coucher gros malin, il faut que tu sois en
forme !

J'avais du mal à dormir. J'ai fait un drôle de
rêve. J'étais avec mon grand-Léon dans un
super parc et il n'arrêtait pas de m'énerver. Il
tirait mes habits en disant : « Elle est où, leur
planque pour fumer ? Demande-leur où elle
est... »

Au petit déjeuner, je n'ai rien pu avaler. J'avais
du béton armé dans le ventre. Je n'avais jamais
eu aussi mal de toute ma vie. Je respirais tout
doucement et je transpirais de la sueur glacée.
J'étais brûlant et gelé à la fois.

Ils m'ont fait asseoir dans une petite salle de classe et je suis resté seul pendant un bon moment. J'ai cru qu'ils m'avaient oublié.

Et puis une dame m'a donné une espèce de grand cahier à remplir. Les lignes dansaient devant mes yeux. Je ne comprenais rien. J'ai posé mes coudes sur la table et ma tête dans mes mains. Pour respirer, pour me calmer, pour faire le vide. Du coup, j'avais le nez en plein sur les graffitis de la table. Il y en avait un qui disait : « J'aime les gros nichons » et un autre, à côté, qui disait : « Moi, je préfère les clés à molette. » Ça m'a fait sourire, et je me suis mis au travail.

Au début, ça allait, mais, plus je tournais les pages, moins je trouvais de réponses. Je commençais à paniquer. Le pire, c'était un para-

graphe de quelques lignes ; l'énoncé disait :
« Retrouvez et corrigez les erreurs de ce
texte. » C'était affreux, je n'en voyais aucune.
J'étais vraiment le plus nul des nuls. C'était
plein des fautes, et je ne les voyais même pas !
Il y avait une boule dans ma gorge, qui remon-
tait tout doucement, et mon nez commençait à
me piquer. J'ouvrais grand les yeux. Je ne
devais pas pleurer. Je ne voulais pas pleurer.
JE NE VOULAIS PAS, vous comprenez ?

Et puis, elle est arrivée quand même, une
grosse larme que je n'avais pas vue venir et qui
s'étalait maintenant sur mon cahier... La
garce. Je serrais les dents, très fort, mais je sentais bien que j'allais craquer. Que la digue
allait céder.

Ça faisait trop longtemps que je m'empêchais
de pleurer et que je refusais de penser à cer-

taines choses… Pourtant, il arrive un moment, il faut bien qu'elle sorte, toute cette bouillasse que vous planquez tout au fond de votre cerveau, tout là-bas derrière… Je savais que si je me mettais à pleurer, je ne pourrais plus m'arrêter, tout allait me revenir en même temps : Grodoudou, Marie, toutes ces années d'école où j'étais toujours le dernier. Toujours le gros débile de service. Mes parents qui ne s'aimaient plus, tous ces jours tristes à la maison et mon grand-Léon dans sa chambre d'hôpital avec ses tuyaux dans le nez et sa vie qui s'en allait peu à peu…

J'étais au bord des larmes, je me mordais les lèvres jusqu'au sang quand j'ai entendu une voix qui disait : « Allons, Toto, qu'est-ce que tu nous fais là ? Qu'est-ce que c'est que ça ?

Veux-tu arrêter de baver comme un cochon sur ton stylo ! Tu vas le noyer. »

Voilà que je devenais dingue maintenant… J'entendais des voix ! Hé… Vous vous êtes trompés, là-haut, je ne suis pas Jeanne d'Arc. Je suis juste un petit tocard qui pédale dans la semoule.

« Bon, monsieur Jérémiades, tu me préviens quand tu arrêtes ton char. Qu'on puisse bosser un peu, tous les deux. »

Qu'est-ce que c'était que cette histoire ? J'ai regardé partout dans la pièce pour voir s'il y avait des caméras ou des micros. Mais qu'est-ce que c'était que cette histoire ! J'étais entré dans la quatrième dimension ou quoi ?

« Grand-Léon, c'est toi ? »

« Qui veux-tu que ce soit, gros nigaud ? Le pape ? »

« Mais… comment c'est possible ? »

« De quoi ? »

« Ben… que tu sois là, que tu puisses me parler comme ça ? »

« Ne dis pas de bêtises, Toto, j'ai toujours été là, et tu le sais très bien. Bon, assez plaisanté. Concentre-toi un peu. Prends un crayon à papier et souligne-moi tous les verbes conjugués… Non, pas celui-là, tu vois bien qu'il se termine par « er ». Maintenant, trouve leurs sujets… Voilà… Fais des petites flèches… C'est bien. Réfléchis, il faut que chaque verbe soit bien accordé… Là, regarde, le sujet, c'est quoi ?… Oui, c'est « tu », donc un « s », c'est bien. Après, fais la même chose avec les noms communs, souligne-les… Trouve leurs déterminants et contrôle. Contrôle tout. Et les adjectifs ? Ça ne te paraît pas bizarre ce

« bouilli » là, pour « des nappes » ? « es »,
c'est bien, tu vois que tu peux y arriver si tu
fais attention. Retourne un peu en arrière maintenant, j'ai vu des choses affreuses en calcul…
J'avais les poils des oreilles qui se dressaient
tout seuls. Allez, repose tes divisions… Non,
refais-la encore.… Encore ! Tu oublies quelque
chose. La retenue, oui, c'est bien. Et voyons la
page 4, s'il te plaît.… »

J'avais l'impression de dormir éveillé, j'étais
super concentré et super détendu en même
temps. J'écrivais sur des nuages. C'était vraiment une sensation étrange.

« Voilà, Toto, je vais te laisser, maintenant.
C'est la rédaction, et là, je sais que tu es beaucoup plus fort que moi… Si, si. C'est vrai. Je
vais te laisser, mais attention à l'orthographe,
hein ? Tu fais comme tout à l'heure : des

petites flèches et des contrôles. Dis-toi que tu
es le flic des mots. À chacun, tu leur demandes
leurs papiers avant de les laisser circuler :
– Vous, là ! Comment vous vous appelez ?
– Adjectif. – Avec qui vous roulez, mon garçon ? – Avec "chiens". – Bon, alors, qu'est-ce
qu'il vous faut ? – Un *s,* monsieur. – C'est bon,
circulez. Tu vois ce que je veux dire ? »
– Oui, ai-je répondu.
– Ne parlez pas à voix haute, jeune homme !
s'est exclamée la surveillante. Vous devez
vous taire. Je ne veux rien entendre !


Je me suis bien relu. Au moins cinquante-sept
fois. Et je lui ai rendu mon cahier. Une fois
dans le couloir, j'ai murmuré :
– Grand-Léon, t'es toujours là ?
Aucune réponse.

Dans le train du retour, j'ai encore essayé. Mais non, il n'y avait plus d'abonné au numéro que je demandais.

Quand j'ai vu la tête de mes parents, sur le quai, j'ai su qu'il s'était passé quelque chose.
– Il est mort ? j'ai demandé. Il est mort, c'est ça ?

– Non, a dit ma mère, il est dans le coma.
– Depuis quand ?
– Depuis ce matin.
– Il va se réveiller ?
Mon père a fait la grimace, et ma mère s'est effondrée en se rattrapant à mon épaule.

*<br>**

Je ne suis pas allé le voir à l'hôpital. Personne n'y est allé. C'était interdit parce que le moindre de nos microbes pouvait le tuer.

Par contre, je suis allé chez ma grand-mère, et j'ai eu un choc en la voyant, elle avait l'air encore plus frêle et plus fragile que d'habitude. Une petite souris perdue dans une robe de chambre bleue. J'étais là comme un idiot, au milieu de la cuisine, quand elle m'a dit :

— Va travailler un peu, Grégoire. Mets les machines en route. Touche les outils. Caresse le bois. Parle aux choses, dis-leur qu'il va bientôt revenir.

Elle pleurait sans bruit.

Je suis entré. Je me suis assis. J'ai croisé les bras sur l'établi, et je me suis enfin mis à pleurer.

J'ai pleuré toutes les larmes que je gardais au fond de moi depuis si longtemps. Combien de temps suis-je resté comme ça ? Une heure ? Deux ? Trois, peut-être ?

Quand je me suis relevé, ça allait mieux, c'était comme si je n'avais plus de larmes, plus de chagrin. Je me suis mouché dans un vieux torchon plein de colle qui traînait par terre et c'est là que je l'ai revue, l'inscription de l'autre fois… « AIDE-MOI », gravée dans le bois.

\*\*
\*

J'ai été admis à Grandchamps.

Ça ne m'a fait ni chaud ni froid. J'étais juste content de partir, de « prendre l'air » comme aurait dit grand-Léon. J'ai fait mon sac, et je ne me suis pas retourné en fermant la porte de ma chambre. J'ai demandé à ma mère de mettre l'argent de M. Martineau sur mon livret. Cet argent, je n'avais plus envie de le dépenser. Je n'avais plus envie de rien, sauf de l'impossible. Et je comprenais qu'on ne pouvait pas tout acheter dans la vie.

Mon père a profité d'une de ses tournées en province pour me conduire jusqu'à ma nouvelle école. Nous ne nous sommes pas beaucoup parlé pendant le trajet. Nous savions que nos routes allaient se séparer.

— Vous m'appellerez dès qu'il y a du nouveau, hein ?

Il a hoché la tête, et puis il m'a embrassé maladroitement.

— Grégoire ?

– Oui.

– Non. Rien. Tâche d'être heureux, tu le mérites. Tu sais, je te l'ai jamais dit, mais je pense que tu es un type bien... Un type vraiment bien.

Et il m'a serré le bras très fort avant de remonter dans sa voiture.

**\*\***

Je n'étais pas le meilleur en classe, j'étais même dans les derniers ; en y réfléchissant bien, il me semble que j'étais vraiment le dernier. Pourtant, les profs m'aimaient bien...

Un jour, Mme Vernoux, la prof de français, nous a rendu nos explications de texte. J'avais eu 6 sur 20.

– J'espère que ta machine à éplucher les bananes était plus performante…, m'a-t-elle dit en me faisant un petit sourire.

Je crois que j'étais bien vu à cause de ça, à cause de cette lettre que j'avais envoyée. Tout le monde ici savait que j'étais nul, mais que j'avais envie de m'en sortir.

En dessin et en E.M.T, par contre, j'étais le caïd. Surtout en E.M.T. J'en savais plus que le prof. Quand les élèves n'arrivaient pas à faire quelque chose, c'était moi qu'ils venaient voir en premier. Au début, Jougleux le prenait mal ; maintenant, il fait comme eux : il me demande tout le temps des conseils. C'est marrant.

Ma bête noire, c'était le sport. J'ai toujours été nul, mais ici ça se voyait encore plus parce que les autres étaient bons et qu'ils aimaient ça. Je ratais tout : c'est normal, je ne sais ni courir, ni sauter, ni plonger, ni rattraper un ballon, et encore moins le lancer... Rien de rien. Zéro. Coucouche panier.

Les autres se foutaient de moi gentiment, ils disaient :

– Eh, Dubosc, quand est-ce que tu mets au point une machine à te fabriquer des muscles ?

Ou :

– Attention, les mecs ! C'est Dubosc qui va sauter, préparez les pansements.

J'avais ma mère toutes les semaines au télé-phone. À chaque fois, je commençais par lui demander s'il y avait du nouveau. Un jour, elle a fini par lâcher :

– Écoute, Grégoire, stop. Ne me pose plus cette question. Tu sais bien que je te le dirais tout de suite s'il y avait du nouveau. Parle-moi plutôt de toi, de ce que tu fais, de tes profs, de tes copains et tout ça…

Je n'avais rien à lui dire. Je me forçais un peu, et puis j'abrégeais la conversation. Tout ce qui ne concernait pas mon grand-père m'était devenu égal

J'étais bien, mais je n'étais pas heureux. J'enrageais de ne rien pouvoir faire pour aider mon Léon. J'aurais pu soulever des montagnes pour lui, me couper en morceaux et me laisser

frire à petit feu. J'aurais pu le prendre dans mes bras et traverser la terre entière en le serrant contre mon cœur, j'aurais enduré n'importe quoi pour le sauver, mais voilà, il n'y avait rien à faire. Juste attendre.

C'était insupportable. Lui, il m'avait aidé quand j'en avais eu vraiment besoin, et moi, rien. Que dalle.


Jusqu'à ce fameux cours d'E.P.S…

Ce jour-là, c'était corde à nœuds au menu. L'horreur. J'essaye depuis que j'ai six ans, et je n'ai jamais été foutu d'y arriver. Jamais pu. La corde à nœuds, c'est ma honte.

Quand ça a été mon tour, Momo a gueulé :

— V'nez voir, y'a l'inspecteur Gadget qui va nous montrer ses chaussettes !

J'ai regardé le haut du poteau, et j'ai murmuré : « Grand-Léon, écoute-moi bien ! Je vais y arriver. Je vais le faire pour toi. Pour *toi*, tu m'entends ! »

Au troisième nœud, je n'en pouvais déjà plus, mais j'ai serré les dents. J'ai tiré sur mes petits bras pleins de fromage blanc. Quatrième nœud, cinquième nœud. J'allais lâcher. C'était trop dur. Non, je ne pouvais pas, j'avais promis ! J'ai grogné, et j'ai poussé sur mes pieds. Mais non, je n'en pouvais plus. Je commençais déjà à lâcher prise. C'est à ce moment-là que je les ai aperçus, les mecs de ma classe, en cercle, tout en bas. Y'en a un qui a crié :

– Vas-y, Dubosc, tiens bon !

Alors, j'ai essayé encore une fois. De gouttes de sueur me brouillaient la vue. Mes mains étaient en feu.

— Du-bosc ! Du-bosc ! Du-bosc !

Ils hurlaient pour me soutenir.

Septième nœud. J'allais lâcher. Je sentais que j'allais m'évanouir.

En bas, ils chantaient le générique du dessin animé :

« Oh là, qui va là ?… Inspecteur Gadget !…
C'est lui que voilà… Inspecteur Gadget ! »

Ils me donnaient du courage, mais pas assez.

Il ne restait plus que deux nœuds. J'ai craché dans une main et puis dans l'autre. « Grand-Léon, je suis là, regarde ! Je t'envoie ma force. Je t'envoie ma volonté. Prends-en. Prends-en ! T'en as besoin. L'autre jour, tu m'as envoyé ton savoir, eh bien moi, je t'envoie tout ce que j'ai : ma jeunesse, mon courage, mon souffle, mes

petits muscles hargneux. Prends-les, grand-Léon ! Prends tout ça… Je t'en supplie ! »
L'intérieur de mes cuisses commençait à saigner, je ne sentais plus mes articulations. Plus qu'un seul nœud.

« Allez ! Alllleeez ! Alllllllleeeeeeeez ! »
Ils étaient déchaînés. C'était la prof qui gueulait le plus fort. J'ai hurlé : « RÉVEILLE-TOI !!! »,
et j'ai attrapé le haut du poteau. En bas, c'était la folie. Je pleurais. Des larmes de joie et de douleur mélangées. Je me suis laissé glisser en tombant à moitié. Momo et Samuel m'ont rattrapé et m'ont soulevé en l'air.

« Oh là, qui va là… ? Inspecteur Gadget… C'est lui que voilà, Inspecteur Gadget. » Tout le monde chantait.

Je me suis évanoui.

À partir de ce jour-là, je suis devenu méconnaissable. Déterminé. Teigneux. Inflexible. J'avais bouffé du lion.

Tous les soirs, après les cours, je marchais au lieu d'aller regarder la télé au foyer. Je traversais les villages, les bois, les champs. Je marchais longtemps. Je respirais lentement et profondément. Avec toujours la même phrase en tête : « Prends tout ça, grand-Léon, respire ce bon air. Respire. Sens cette odeur de terre et de brume. Je suis là. Je suis tes poumons, ton souffle et ton cœur. Laisse-toi faire. Prends. » C'était du bouche-à-bouche à distance.

Je mangeais bien, je dormais beaucoup, je touchais l'écorce des arbres et j'allais caresser les chevaux du voisin. Je glissais ma main sous leurs crinières toutes chaudes, et je murmurais encore : « Prends. C'est bon pour toi. »

Un soir, ma mère m'a appelé. Quand le surveillant est venu me prévenir, mon cœur s'est décroché.

– Les nouvelles ne sont pas bonnes, mon grand. Les médecins arrêtent le traitement. Ça ne sert à rien.

– Il va mourir alors !

Je hurlais dans le couloir du dortoir :

– Vous avez qu'à le débrancher, comme ça, ça ira plus vite !

Et j'ai raccroché

À partir de ce jour-là, j'ai arrêté mon cinéma. Je suis retourné jouer au baby-foot avec les mecs du foyer, je travaillais mal et je ne parlais presque plus. J'étais dégoûté de la vie. Dans ma tête, c'était comme s'il était déjà mort. Quand mes parents appelaient, je les envoyais balader.

Et puis, hier, un mec de terminale est venu me chercher dans mon lit. Je dormais à poings fermés. Il m'a secoué dans tous les sens :

– Hé, hé, réveille-toi, mon pote…

J'avais la bouche toute pâteuse.

– Qu… qu'ech qu'y ch'passe ?

– Hé, c'est toi, Toto ?

– Pourquoi tu me dis ça ?

Je me frottais les yeux.

– Parce que y'a un papy en bas dans son fauteuil roulant qui gueule qu'il veut voir son Toto… Ça serait pas toi, par hasard ?

J'étais en caleçon, j'ai descendu les quatre étages en courant. Je pleurais déjà comme un bébé.

Il était là, devant la porte du réfectoire, avec un mec en blouse blanche à côté de lui. Le mec tenait le machin de la perfusion, et mon grand-Léon me souriait.

Moi, je pleurais tellement que je n'arrivais même pas à lui sourire.

Il a dit :

— Tu devrais fermer ta braguette, Toto, tu vas prendre froid.

Et là, j'ai souri.

Imprimé en Espagne par Novoprint (Barçelone)